AF363537

CATALOGUE

DES

GRAVURES - DESSINS - AQUARELLES

TABLEAUX

ANCIENS OU MODERNES

PAR OU D'APRÈS

**Barnouin, Boucher, Casin, Brackelen, Delacroix, Delpy
Glaize, Juste (René), Lavieille (Eugène)
Lepine, Lyonel-Roger, Stevens, Swebach, Veyrassat
Welter, Ziem, etc., etc.**

FAIENCES, OBJETS de VITRINE, BIJOUX

BRONZES

MEUBLES — SIÉGES

Anciens et de Style

TAPIS D'ORIENT

TENTURES - BRODERIES

DONT LA VENTE AURA LIEU

A PARIS, HOTEL DES VENTES, SALLE N° 8

Le Lundi 24 Février 1913

A DEUX HEURES

Mᵉ E. FOURNIER	**M. R. BLÉE**
COMMISSAIRE-PRISEUR	EXPERT PRÈS LE TRIBUNAL CIVIL DE LA SEINE
29, Rue Maubeuge, 29	3, Rue du Helder, 3

EXPOSITION PUBLIQUE

Le Dimanche 23 Février 1913, de 2 heures à 6 heures

CONDITIONS DE LA VENTE

La vente sera faite au comptant.

Les acquéreurs paieront *dix pour cent* en sus des enchères.

L'exposition mettant le public à même de se rendre compte de l'état et de la nature des objets mis en vente, il ne sera admis aucune réclamation une fois l'adjudication prononcée.

DÉSIGNATION

GRAVURES, DESSINS, AQUARELLES

TABLEAUX

1 — Gravure noire : Le Souvenir.

2 — Barnouin. Retour de pêche. (Toile.)

3 — Boucher (Ecole de). Deux dessus de portes.

4 — Casin (J.-C.). La Chaumière. (Dessin.)

5 — Brackelen (Ferdinand de). Intérieur d'église.

6 — Delacroix (Attribué à Eug.). Faune.

7 — Delpy. Paysage, Bords de l'Oise. (Toile.)

8 — GLAIZE. Pommiers en fleurs.

9 — HAMMAN (fils). Percheron au pré. (Toile.)

10 — JUSTE (René). Le Village. Effet de neige.

11 -- LAVIEILLE (Eugène). Biche à l'orée du bois, paysage.
(Toile.)

12 — LAVIEILLE (Eugène). Derniers rayons à Moulin-au-
Perche (Orne) (Panneau.)

13 — LÉPINE. Paysage. (Dessin, étude.)

14 — LÉPINE. Paysage. (Etude peinte.)

15 — LYONEL-ROGER. Judith. (Panneau.)

16 — STEVENS (A.). Le Havre. (Marine.)

17 — STEVENS (Alfred). Le Souvenir. (Panneau.)

18 — SWEBACH. La Fête au village, composition montrant
un paysage montagneux, très clair, animé de nombreux personnages se divertissant. (Toile.)

19 — VEYRASSAT (J.). Chevaux.

20 — WELTER (Bastien). Vue du parc de Versailles.

21 — ZIEM. Portique. (Etude.)

22 — ECOLE ITALIENNE. Deux vues du Vésuve. (Gouache)

23 — ÉCOLE ITALIENNE. Deux bouquets de fleurs. (Toile.)

24 — ÉCOLE HOLLANDAISE. Canal en Hollande.

25 — ÉCOLE HOLLANDAISE. Canal en Hollande.

26 — ÉCOLE HOLLANDAISE. Petits besoins.

27 — ÉCOLE HOLLANDAISE. Grimaciers.

28 — ÉCOLE HOLLANDAISE. Portrait de Bourguemestre.

29 — ÉCOLE FRANÇAISE MODERNE. Tête de femme.

30 — ÉCOLE FRANÇAISE XVIIe SIÈCLE. La Fête au bois.

31 — ÉCOLE FRANÇAISE. Tête d'espagnole vue de profil.

32 — ÉCOLE FRANÇAISE. Portrait de femme à grande collerette. (Toile.)

33 — ÉCOLE FRANÇAISE XVIIe SIÈCLE. Scène de combat.

FAIENCES — OBJETS DE VITRINE

BRONZES

34 — Lot d'agates gravées.

35 — Lot de turquoises de Perse gravées d'or.

36 — **Deux plaques de revêtement en faïence persane décorée de personnages.**

37 — **Deux autres plaques plus petites.**

38 — **Deux vases, deux petits pots, une jardinière ajourée et une bonbonnière faïence.**

39 — **Deux cache-pots en faïence, décor de Rouen.**

40 — Petit Christ accompagné de deux anges, travail espagnol.

41 — Etui gravé et ajouré.

42 — Eventail décoré au vernis d'une scène mythologique Vénus et Vulcain.

43 — Bonbonnière ronde décorée au vernis d'une scène représentant l'Entrée des Français à Berlin.

44 — **Coffret rectangulaire décoré en paille marqueté,**

45 — Bracelet porte-bonheur en or gravé formant ruban noué par une boucle émaillée et ornée de demi-perles.

46 — Deux réchauds et leur cloche, métal argenté.

47 — Pièce de surtout ornée de personnages, porcelaine **décorée.**

48 — Buste de l'empereur Napoléon Ier en biscuit.

49 — Un petit col et quatre morceaux guipure.

5o — Un grand col point à l'aiguille.

5i — Manteau de dame en fourrure.

52 — Pelisse d'homme d'automobile, doublée de fourrure.

53 — Porte-cigarettes en argent gravé.

54 — Petit porte-cigarettes en argent martelé.

55 — Porte-cigarettes en or poli, fermoir orné d'un saphir cabochon.

56 — Pendentif en argent orné de pierres de couleurs et perles coquillage.

57 — Sac de dame en cuir fauve avec fermoir et chiffre AC ornés de roses et de brillants.

58 — Montre remontoir d'homme en or gravé.

59 — Montre remontoir d'homme en or.

60 — Montre plate remontoir d'homme.

61 — Montre remontoir de femme en or gravé.

62 — Montre remontoir de femme en or.

63 — Petite montre remontoir de corsage en or émaillé bleu avec fleur de lys, ornée de brillants, retenue à un petit nœud en or pavé de brillants et de roses.

64 — Chaîne giletière à grosses mailles.

65 — Petite chaîne giletière avec barrette.

66 — Petite chaîne giletière or et platine.

67 — Chaîne giletière à deux coulants.

68 — Violon de l'école allemande.

69 — Coffret à compartiments, garni d'ivoire.

70 — Panneaux sculptés à fenestrage d'époque gothique.

71 Reliquaire en bois sculpté et doré contenant une figure de la Vierge, brodée. XVII siècle.

72 — Deux appliques en chêne sculpté à têtes d'angelots. XVII siècle.

73 — Groupe en bois sculpté: la Vierge et l'Enfant. XVII siècle.

74 — Glace-trumeau ornée d'une peinture : scène cham-
pêtre. XVIIIe siècle.

75 — Glace à cadre en bois sculpté et doré. XVIIIe siècle.

76 — Rouet en bois tourné. XVIIIe siècle.

77 — Vase pitong en émail cloisonné de la Chine.

78 — Deux landiers en fer forgé. XVIIe siècle.

79 — Lampe de sacristie en cuivre. XVIIe siècle.

80 — Vase en bronze japonais.

81 — Seau à glace en métal argenté.

82 — Statuette en bronze doré signée DURY.

83 — Grand vase en bronze japonais.

84 — Quatre appliques en bronze ciselé préparées pour
l'électricité. Style Louis XVI.

85 — Bronze : lion marchant, de DELABRIÈRE.

86 — Bronze : lionne marchant, de DELABRIÈRE.

MEUBLES

87 — Paravent à trois feuilles garnies de tissu broché.

88 — Petit écran de foyer en acajou verni, orné d'une aquarelle : Vue de la Suisse. Style Louis XVI.

89 — Bureau de dame en bois de rose et marqueterie de bois de placage. Style Louis XVI.

90 — Deux petits meubles chiffonniers en bois de rose et filet de marqueterie. Style Louis XVI.

91 — Petite table en chêne. Epoque Louis XV.

92 — Petite table de forme rognon en bois de rose et galerie de cuivre ajouré. Style Louis XV.

93 — Cabinet à nombreux tiroirs en ébène incrusté de filets d'ivoire, xviiie siècle italien.

94 — Bureau dos d'âne en chêne ciré, xviiie siècle.

95 — Commode à trois tiroirs en acajou mouluré, marbre blanc. Epoque Louis XVI.

96 — Secrétaire en acajou orné de moulures de cuivre, marbre blanc, galerie de cuivre ajourée. Epoque Louis XVI.

97 — Commode en ronce d'acajou et moulure de cuivre. Epoque Louis XVI.

98 — Coiffeuse en citronnier ornée de bronzes. Epoque Directoire.

99 — Armoire à portes pleines, xviie siècle.

SIÈGES

100 — Deux chaises en bois, de style Renaissance.

101 — Deux chaises en bois sculpté et canné, XVIIe siècle.

102 — Deux tabourets en bois tourné, XVIIe siècle.

103 — Deux chaises et quatre fauteuils en acajou, recouverts de velours frappé rouge.

104 — Deux grands fauteuils en noyer ciré, recouverts de tapisserie au point.

105 — Deux fauteuils en bois sculpté, recouverts de soie verte lamée. Style Louis XIII.

106 — Bergère en bois naturel recouverte de soierie. Style Louis XV.

107 — Fauteuil de bureau américain.

108 — Ameublement de salon comprenant : Un canapé, deux fauteuils et deux chaises bois sculpté et doré de style Louis XIV.

TAPIS, TENTURES, BRODERIES

109 — Tapis-chemin sur fond bleu, dessin polychrome.

110 — Tapis de prière Sinch, médaillon central et angles ornés, sur fond bleu.

111 — Petite descente de lit, dessin polychrome.

112 — Tapis Ferahan, décor de fleurs, feuillages et arabesques sur fond bleu.

113 — Tapis de prière en soie.

114 — Tapis de prière Kirman, médaillon et angles ornementés, fond crème.

115 — Tapis à double face.

116 — Tapis chemin, décor Mechour sur fond jaune.

117 — Tapis Djorsheghan, à dessins variés compris dans de petits compartiments.

118 — Tapis de prière à dessins variés sur fond bleu pâle.

119 — Tapis galerie, à palmettes sur fond rouge.

120 — Petit tapis de prière velouté, à personnages et animaux, encadrement à animaux.

121 — Tapis de prière à chevrons sur fond crème.

122 — Petit tapis à carreaux rouge, vert, etc.

123 — Petit tapis à Merab vieux rose.

124 — Petit tapis, décor varié sur fond gros bleu.

125 — Grande carpette à petites fleurs sur fond vieux rouge.

126 — Portière à fleurs et losanges.

127 — Une étoffe rayures anciennes.

128 — Tapis double face sur fond verre d'eau.

129 — Un lot d'étoffes et broderies chinoises et autres.

130 — Beau dessus de lit en filet.

131 — Panneau de soierie brochée, à rayures sur fond bleu, xviiie siècle.

132 — Quatre rideaux en Karamanie.

133 — Paire de rideaux en toile de Perse imprimée.

134 — Autre paire de rideaux analogue au précédent.

135 — Tapis de prière en toile de Perse imprimée.

136 — Portière en toile de Perse imprimée.

137 — Cinq pièces broderies et velours persans. (Seront divisés).

138 — Objets omis.

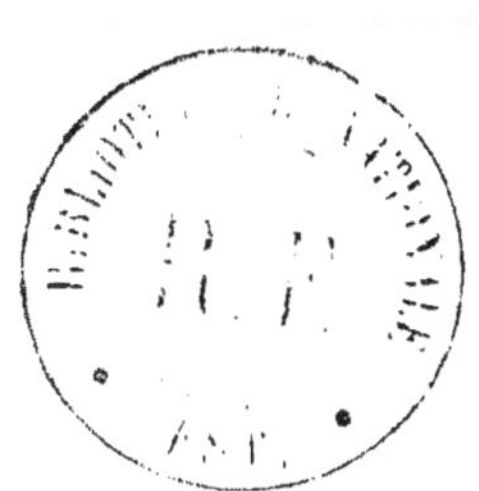

G. Chaufour, Imprim.
6-8, Rue Milton, Paris